GUÍA DE LECTURA

Escrita por Nathalie Roland
Traducida por Tamara Montes Blanco

Todas las mañanas del mundo

de Pascal Quignard

Entiende fácilmente la literatura con

ResumenExpress.com

www.resumenexpress.com

PASCAL QUIGNARD

ENSAYISTA Y NOVELISTA FRANCÉS

- **Nacido en 1948 en Verneuil-sur-Avre (Francia)**
- **Algunas de sus obras:**
  - *La lección de música* (1987), ensayo
  - *Las sombras errantes* (2002), novela
  - *Medea* (2011), relato

Pascal Quignard nació en 1948. Tras haber estudiado filosofía, trabajó en una editorial, dio clase en la Universidad de Vincennes y dirigió el teatro barroco de Versalles. Escribió ensayos sobre la vida de artistas (*Georges de La Tour*) y textos filosóficos, entre los que destacan *El sexo y el espanto* (1994) o *El odio a la música* (1996), pero también redactó varias novelas, como *El salón de Wurtemberg* (1986), *Las escaleras de Chambord* (1989) o *Las sombras errantes* (2002), entre otras. En sus obras, encontramos temas recurrentes como la música, la muerte, el silencio o el pasado.

TODAS LAS MAÑANAS DEL MUNDO

UNA OBRA EN LA QUE LA MÚSICA IM-PREGNA LAS PALABRAS...

- **Género:** novela
- **Edición de referencia:** Quignard, Pascal. 2008. *Todas las mañanas del mundo*. Traducido por Esther Benítez. Madrid: Espasa
- **Primera edición:** 1991
- **Temáticas:** música, muerte, amor, aprendizaje, desesperación, historia de Francia

Todas las mañanas del mundo (1991) cuenta la historia de un músico, Monsieur de Sainte Colombe, que, destrozado por el fallecimiento prematuro de su mujer, se refugia en la música. Un día, conoce al joven Marin Marais, que desea asistir a sus clases.

La novela, que cosechó un auténtico éxito, fue adaptada al cine el mismo año de su publicación y el propio autor participó en la escritura del guion. Esta obra recuerda a *La lección de música* (1983) del mismo autor, donde ya aparecen los personajes de Marin Marais y de Sainte Colombe. Este libro también inspiró *La Main d'oublies* de Sophie Nauleau, publicado por la editorial Galilée en 2007.

RESUMEN

En la primavera de 1650, Madame de Sainte Colombe muere y deja a su marido solo con sus dos hijas pequeñas, Madeleine y Toinette. Para aumentar sus ingresos, Monsieur de Sainte Colombe da clases de viola (instrumento de música con cuerdas que se frotan con un arco). Desconsolado, se vuelca de lleno en la música para olvidar la muerte de su esposa, que se le aparecerá más tarde en forma de fantasma. Trabaja él solo en una cabaña y perfecciona su instrumento hasta tal punto de que puede «imitar todas las inflexiones de la voz humana»[1]. Vive apartado del mundo: no habla con nadie, excepto con sus dos amigos, Claude Lancelot y Baugin. Guignotte, la cocinera, es quien se ocupa de las pequeñas y quien desempeña, de cierto modo, el papel de madre sustituta.

Cuando Madeleine alcanza la edad suficiente, Sainte Colombe le enseña a tocar la viola, lo que provoca los celos de su hermana pequeña. Un tiempo después, el padre le regala el mismo instrumento a la más joven. Entonces, organizan conciertos de tres violas que cosechan un éxito creciente. Su celebridad es tal que el propio rey desea escucharlos, así que envía a su viola profesional, Monsieur Caignet, para que invite al músico a la corte. Pero Sainte Colombe rehúsa el ofrecimiento y se presenta a sí mismo como un «salvaje» cuyo lugar no está en la corte. Caignet insiste, sin éxito, y le comunica al rey la respuesta.

---

1. Todas las citas han sido traducidas por ResumenExpress.com

Descontento con este rechazo, el soberano vuelve a enviar a Caignet, acompañado del abad Mathieu, a casa de Sainte Colombe. El abad es duro con el músico: le dice que su don le viene de Dios y que no puede esconderlo. Pero Sainte Colombe no se deja impresionar y responde al abad con energía. Entonces estalla una violenta discusión entre ambos hombres. Sainte Colombe nunca irá a tocar a la corte.

Durante varios años, el padre y sus dos hijas viven tranquilos y continúan con sus conciertos, pero más discretamente. Madeleine y Toinette crecen y se convierten en unas mujercitas. Una noche, mientras Sainte Colombe toca la pieza que compuso cuando murió su esposa, ve el fantasma de esta. Estos encuentros se repiten y el músico piensa que está loco, pero esto le produce alegría y apaciguamiento. Le pide a su amigo, el pintor Baugin, que realice un cuadro de la mesa cerca de la que su mujer se le aparece.

Un día, el joven Marin Marais (viola y compositor francés, 1656-1728) le pide a Sainte Colombe que lo tome como alumno. Tras haber sido expulsado de una coral porque su voz había cambiado, siente una gran vergüenza y quiere hacer música para vengar su voz perdida. Sainte Colombe, que no es muy sociable, lo trata con rudeza, pero le sugiere que vuelva un mes más tarde. Cuando Marais vuelve unas semanas después, el músico lo acepta como alumno y analiza su manera de tocar: tiene buena técnica, pero eso no es música.

A pesar de la dureza del invierno, el maestro y el alumno continúan sus lecciones. Un día, Sainte Colombe quiere ir a visitar a Baugin, y por el camino le da a Marais una clase sobre la música y el viento. Cuando ambos llegan al taller del pintor, la lección continúa: Sainte Colombe le hace escuchar «el sonido que produce el pincel». Cuando vuelven a ponerse en marcha, el músico se plantea preguntas sobre los lazos que unen la música y el silencio.

Más tarde, Sainte Colombe se entera de que Marais ha tocado delante del rey. Entra en cólera, rompe el instrumento de su alumno con rabia —para gran desasosiego de este— y lo critica duramente antes de decirle que se vaya. Madeleine, que está enamorada de Marais, lo consuela y le promete que le enseñará todo lo que sabe.

Durante el verano de 1676, Marais es contratado como «musiquero del rey». Cuando, un día, Sainte Colombe descubre a Marais en su casa, quiere castigarlo, pero Madeleine se opone y confiesa su amor hacia el joven. Ambos hombres conversan sobre la vida y las pasiones: Sainte Colombe explica que la música es un don de sí mismo.

Después de eso, Marais va cada vez menos a casa de su profesor, y Madeleine se reúne con él en habitaciones de hospedería, cerca de Versalles. Él se convierte en su confidente: la chica le confiesa que su padre compuso melodías maravillosas que no toca. A causa de esta revelación, Marais decide ir a casa de Sainte Colombe, sin que nadie se entere, para buscar las partituras, pero no las encuentra. Al salir de la casa, se topa con Toinette, que intenta seducirlo. Más tarde, consigue tentarlo y acaban haciendo el amor. Entonces, él decide dejar a Madeleine, que lleva mal esta situación. Esta está embarazada de él y pierde el niño, pero termina recuperándose y olvidándolo. En cuanto a la relación entre Toinette y Marais, no dura mucho. De hecho, un tiempo después, esta se casa con Monsieur Pardoux, el hijo del lutier, mientras que Marais se casa con Catherine d'Amicourt.

Sainte Colombe, conmovido por una nueva pieza musical que interpreta un organista, siente la presencia de su esposa. Esta le confiesa que nunca sintió realmente su amor en vida, ya que no lo expresaba mucho. Sufre por no poder tocarla, pero, dado que él ya está envejeciendo, se siente feliz ante la perspectiva de rencontrarse con ella.

Marais, por su lado, trabaja con Lully (compositor francés, 1632-1687) y compone óperas. Sin embargo, continúa acudiendo en secreto a casa de su maestro para escucharlo tocar.

Durante el invierno de 1684, Madeleine cae enferma: padece viruela. Le pide a su padre que le toque una melodía que Marais había compuesto para ella. Sainte Colombe rehúsa y pide a Toinette que vaya a buscar al joven para que este vaya a tocar para Madeleine la melodía que ella quiere. A continuación, Sainte Colombe abandona la música por diez meses: «Era la primera vez que le nacía esta aversión». Durante este tiempo, Marais sigue espiando el silencio de su maestro.

Toinette y su esposo van a casa de Marais y le explican la situación. A pesar de que sabe que Madeleine corre el riesgo de morir, inicialmente, Marais rehúsa ir a verla y recibe noticias de Sainte Colombe. Más tarde, Toinette logra convencerlo. Entonces, este toca *La soñadora* junto a la cama de Madeleine. Esta le confiesa que le hubiera gustado ser su esposa. Tras esta visita, Madeleine se suicida ahorcándose.

Más tarde, el lector vuelve a encontrase con Sainte Colombe, que se ha convertido en un anciano. Ha dejado de tocar. Marais no soporta la idea de que las obras que su maestro no publicó se pierdan al morir este. Entonces, se va de Versalles y vuelve a casa de Sainte Colombe.

Se rencuentran y conversan. Cuando Sainte Colombe le pregunta qué busca en la música, Marais le responde: «Las alegrías y las penas». El maestro le sugiere entonces una última lección, pero según él, es la primera que le da: «La música está ahí simplemente para decir aquello que la palabra no puede decir. En este sentido, no tiene nada de humana». Cuando los dos se ponen a tocar una composición inédita, se sienten conmovidos: el maestro, por fin, transmite su arte.

ESTUDIO DE LOS PERSONAJES

MARIN MARAIS

Sigue las clases de Monsieur de Sainte Colombe. A su llegada, es descrito como un «niño grande de diecisiete años, rojo como la cresta de un gallo viejo». Tras haber estado en la escolanía (escuela de canto y conjunto de cantantes de una iglesia) del rey, lo echaron porque su voz había cambiado. Entonces vuelve a casa de su padre, un zapatero, pero no soporta este entorno y abandona definitivamente a su familia. Se deja seducir por las dos hijas de su maestro, pero acaba casándose con otra mujer. Después llega a ser músico oficial del rey y pierde el contacto con Sainte Colombe. Es un hombre promiscuo; no obstante, busca reparar sus errores (cuando abandonó a Madeleine) y continúa acudiendo en secreto a ver a su maestro para comprender su arte: en cierto modo, quiere ser su transmisor cuando Sainte Colombe haya desaparecido.

MONSIEUR DE SAINTE COLOMBE

Es un hombre afligido por el fallecimiento de su esposa, a la que estaba muy unido. Es el padre de Madeleine y Toinette. No es rico y completa sus ingresos dando clases de música, ya que es un reputado compositor y maestro de la viola. Lamenta haber estado ausente cuando falleció su esposa y se vuelca en la música para olvidar. Renunció a todo lo que le gustaba y a todos sus placeres y vive las visitas de su esposa como un milagro. Es un maniático que critica todo, habla poco y es exigente con sus hijas. También es irascible, por lo que en cualquier momento puede entrar en cólera hasta el punto de, por ejemplo, romper una silla o una viola. Se niega a ir a la corte a interpretar una pieza para el rey. Es torpe en las relaciones humanas.

MADAME DE SAINTE COLOMBE

Muere en 1650, dejando a su marido solo con sus dos hijas. Se le aparece a su esposo en forma de fantasma y para este último simboliza «una pieza alegre».

MADELEINE

Es la hija mayor de Monsieur y Madame de Sainte Colombe. Tiene cierto talento para el canto. Se parece mucho a su padre, al que teme. Está perdidamente enamorada de Marais y queda destrozada cuando este último la abandona después de haberla dejado embarazada. Víctima de la viruela, desea volver a ver a Marais una última vez y, después de eso, se suicida.

TOINETTE

Es la hija menor de Monsieur y Madame de Sainte Colombe y también tiene talento para el canto. Se rebela contra su padre. Es mucho más espontánea y libre que su hermana, no duda en vivir su vida y consigue que Marais se interese por ella. Se casa con Monsieur Pardoux, el hijo del lutier.

GUIGNOTTE

Es una cocinera procedente de Languedoc que se ocupa

de las dos hijas de Sainte Colombe. En cierto modo, es una madre sustituta para Madeleine y Toinette.

- 10 -

CLAVES DE LECTURA

LA FRANCIA DEL SIGLO XVII

Contexto político y religioso

La historia se desarrolla en el siglo XVII, también llamado *Grand Siècle*. Está dominado por la figura de Luis XIV (1638-1715). En esta época, el rey gobierna como monarca absoluto en Francia (lo que le da el apodo de Rey Sol) y sueña con agrandar su territorio, en detrimento de los Habsburgo (una poderosa familia que reina en España, Austria, los Países Bajos y el Sacro Imperio), lo que provoca guerras en toda Europa. Para aumentar su prestigio, en 1682, Luis XIV convierte el castillo de Versalles en sede de su gobierno y residencia de la corte, compuesta por nobles y artistas que quieren ganarse los favores reales.

En la misma época, nacen dos corrientes de ideas opuestas dentro de la religión católica:

- por un lado, están los jansenistas, que siguen la doctrina de Jansenio, un monje holandés. Este último considera que el hombre, corrompido por el pecado original e incapaz de hacer el bien, solo puede ser salvado por Dios. Sus partidarios luchan contra la moral relajada de la época y llevan una vida particularmente austera. En Francia, la abadía de Port Royal es el lugar que agrupa a los adeptos de esta doctrina, pero en 1709, Luis XIV ordena destruirla a fin de suprimir el movimiento jansenista, el cual considera peligroso para su poder;
- por otro lado, encontramos a los libertinos. Estos se de-

finen como librepensadores que cuestionan, entre otras cosas, la moral religiosa.

Contexto cultural y artístico

Luis XIV se interesa mucho por las artes, ya sea la música, el teatro, la arquitectura o la pintura. Es un auténtico mecenas: utiliza el dinero del Estado para animar y apoyar a los artistas; dicho de otro modo, les proporciona ingresos en forma de pensiones. Al actuar así, Luis XIV mantiene un cierto control sobre la producción artística y define en cierta manera el buen gusto de la época, la «estética clásica» (caracterizada por el orden, la medida, la armonía y el respeto a reglas estrictas, así como por un regreso a la Edad Antigua en las formas arquitectónicas, los temas, etc.). El rey encarga a ciertas instituciones que vigilen las creaciones: el Parlamento ejerce la censura (elige qué puede publicarse y qué no), la Academia Francesa vela por el buen uso de la lengua y, para formar a los futuros artistas, nacen por toda Francia pequeñas academias especializadas (por ejemplo en pintura o escultura). Un gran número de artistas se beneficiarán del apoyo real: los escritores Molière y Jean Racine, el fabulista Jean de la Fontaine, el músico Jean-Baptiste Lully, el decorador Charles Le Brun, el jardinero André Le Nôtre, etc.

El Barroco

El Barroco es una corriente artística y literaria que se opone al clasicismo preconizado por Luis XIV. El Barroco aparece inicialmente en Italia y después se difunde por toda Europa e incluso llega a América Latina durante los siglos XVII y XVIII. Este movimiento está estrechamente relacionado con la Contrarreforma: debido a los ataques de los protestantes contra la Iglesia católica, las autoridades religiosas reaccionan con fuerza y se lanzan a una auténtica transformación de la religión católica. Se trata, entre otras medidas, de acercarse más a los creyentes y de apelar más a sus sentimientos. Para hacer esto, la Iglesia católica explota el Barroco en todas sus formas, especialmente las musicales y pictóricas:

- la música barroca representa las pasiones y expresa emociones al dar especial preferencia a melodías instrumentales. Los músicos utilizan el bajo continuo, es decir, una melodía con notas más bajas que no se mezcla con el otro instrumento. En esta época nace la ópera, que pone música a los dramas y rinde homenaje a la familia de los violines. En esta novela, Monseiur de Sainte Colombe, Jean-Baptiste Lully y Marin Marais representan el estilo barroco;
- en cuanto a la pintura barroca, se caracteriza por juegos de contrastes en los colores o las luces, la exageración de formas o expresiones, una impresión de movimiento y la asimetría. Un cuadro barroco debe parecer un espectáculo dinámico y exaltado. En la obra de Quignard, Lubin Baugin pertenece a esta corriente.

LA MÚSICA

La música, tema preciado para el autor, está omnipresente en *Todas las mañanas del mundo*.

- Inicialmente, aparece a través del contexto histórico en el que el autor sitúa la acción, la Francia del siglo XVII: es la época en la que nace la música barroca y en la que Luis XIV se presenta como auténtico mecenas, especialmente ofreciendo espectáculos en Versalles, como ya se ha explicado más arriba.

- Pascal Quignard también muestra interés en dos músicos que existieron realmente. En primer lugar, Monsieur (probablemente Jean) de Sainte Colombe (c. 1640-1700). Se cree que era de origen noble, pero no se conoce mucho sobre su vida. Tuvo varios alumnos que dejaron testimonios sobre su talento, además compuso 177 obras para una viola y 67 para dos violas. A continuación, Marin Marais (1656-1728), un hombre de origen humilde que, tras haber sido niño del coro, estudió viola con Sainte Colombe. En 1676, se casó con Catherine Darnicourt, con la que tuvo 19 hijos. En la corte de Luis XIV, trabajaba con Lully, que influyó en sus numerosas creaciones (compuso no menos de 600 obras).

- El estilo del autor también está marcado por una cierta musicalidad: la novela mantiene el ritmo a través de episodios sobre los que se vuelve en diferentes intervalos, como las apariciones de Madame de Sainte Colombe, los días de Sainte Colombe en la cabaña y las noches en que Marais espía a su maestro. Por otra parte, el hecho mismo de que la novela se componga de capítulos cortos quizá evoque también la forma en la que se disponen las escenas de un espectáculo o de una ópera.

- La historia del matrimonio Sainte Colombe recuerda a un episodio de la mitología antigua relacionado con la música, el mito de Orfeo. Orfeo, músico con gran habilidad para tocar la lira, pierde a su esposa Eurídice poco después de su matrimonio. Desconsolado, se refugia en la música. Entonces, desciende a los infiernos, conmueve a Hades —el dios del inframundo— con sus melodías y logra convencerlo de que lo deje marchar con su esposa. Hades acepta con la única condición de que Orfeo no se gire antes de llegar a la superficie de la Tierra. Pero, impaciente por ver el rostro de Eurídice, no respeta esta condición y ve cómo su esposa desaparece para siempre.

- Igual que Orfeo, Monsieur de Sainte Colombe es un músico brillante que, tras el fallecimiento de su esposa, queda destrozado. También se refugia en la música y la utiliza para entrar en contacto con su difunta mujer. Además, las galletas y el vino ofrecidos por Sainte Colombe recuerdan a las ofrendas que se hacían a los muertos en la antigua religión griega.

GÉNERO Y CARACTERÍSTICAS NARRATIVAS DE LA NOVELA

Esta obra puede calificarse de novela histórica, puesto que mezcla acontecimientos y personajes históricos (Sainte Colombe, Marin Marais, Baugin, Luis XIV, los jansenistas, Lully, etc.) con elementos ficticios (la escasez de datos que se conocen sobre la vida de Sainte Colombe dio a Pascal Quignard total libertad para imaginar el resto). Sin embargo, observamos que el autor presenta incoherencias con las fechas: en la novela, Sainte Colombe habría perdido a su esposa en 1650, lo que significa que se habría quedado viudo y con dos hijas... ¡a los diez años de edad!

El relato está contado en pasado por un narrador transparente (lo que corresponde a una visión clásica de la novela que quiere que la historia se cuente sola) y está centrado en la vida de Sainte Colombe: reconstruye los acontecimientos que vivió después de la muerte de su mujer. Salvo por esta fecha, tiene pocos puntos de referencia temporales precisos: la mayoría del tiempo, el lector obtiene información indeterminada como «Cuando su hija mayor alcanzó la edad necesaria para aprender a tocar la viola» o «Era el comienzo de la primavera». Además, el autor utiliza elipsis narrativas, las cuales le permiten omitir ciertos períodos, como muestra la estructura en capítulos cortos que no están necesariamente relacionados entre sí: por ejemplo, en el capítulo 26 menciona que «habían pasado los años».

El autor también utiliza un enfoque basado en los contrastes:

- aunque, a primera vista, el título tiene un aspecto positivo, cuando después el lector observa la frase en su integridad («Todas las mañanas del mundo son caminos sin retorno»), esta adquiere un aspecto más negativo: entonces la novela se entiende como una reflexión sobre lo efímero, sobre el hecho de que todo tiene un final;
- a Sainte Colombe le gusta su vivienda en el campo, símbolo de calma y silencio, al contrario que Marais, que adora la corte y la ciudad, sinónimos de efervescencia, suntuosidad y ruido;
- Sainte Colombe y Madeleine aparecen como personajes oscuros y consumidos por la desgracia, al contrario que Madame de Sainte Colombe, Marais y Toinette, que simbolizan más bien la alegría de vivir;

- el relato se desarrolla con delicadeza y monotonía, a pesar de los acontecimientos trágicos (la destrucción de la viola de Marais en el capítulo 13 o el suicidio de Madeleine en el capítulo 25).

Para terminar, observamos que toda la novela se caracteriza por la brevedad: su extensión total, la longitud de los capítulos y la forma de las frases. Para dar este efecto, el autor utiliza asíndeton (figuras retóricas caracterizadas por la ausencia de uniones lógicas o de conjunciones entre las frases).

PISTAS PARA LA REFLEXIÓN

ALGUNAS PREGUNTAS PARA PROFUNDIZAR EN SU REFLEXIÓN...

- Varios personajes de la novela van en busca de algo. Describa esta búsqueda y la evolución de cada uno. Al final, ¿han encontrado lo que querían?
- Compare a los personajes de Sainte Colombe y Marais en la novela con la realidad histórica. ¿El autor crea un retrato fiel de los músicos?
- Escuche un fragmento de una de las obras de Sainte Colombe y de Marais. ¿Qué le evocan estas melodías? ¿Son parecidas? ¿Se pueden calificar de barrocas?
- El tema de la muerte es recurrente en la obra de Pascal Quignard. Demuestre que esta novela no es una excepción, sobre todo haga referencia a los personajes y elementos relacionados con ello.
- Explique el título de la obra a la vista de la cita íntegra: «Todas las mañanas del mundo son un camino sin retorno».
- La actitud de Sainte Colombe y de Marais invita al lector a plantearse la siguiente pregunta: ¿el arte tiene que compartirse? ¿Qué piensa usted? Argumente su respuesta utilizando especialmente las ideas que enuncia el autor.
- Cuando Sainte Colombe le dice a Marais: «La música está ahí simplemente para decir aquello que la palabra no puede decir. En este sentido, no tiene nada de humana», afirma que es la primera lección que le da. Sin embargo, Sainte Colombe desarrolla sus ideas acerca de la música a lo largo de toda la novela, lo cual le permite llegar a esta

conclusión. Señale los diferentes elementos de su teoría y comente la cita a la vista del conjunto de sus reflexiones.

- El silencio es uno de los temas importantes de la novela. Señale los fragmentos en los que se hace alusión a él o las técnicas que el escritor utiliza para hacer que el lector lo perciba. ¿Cuál es la visión que da el autor a este respecto?

- «Por un lado, los libertinos estaban atormentados; por otro lado, los Señores de Port Royal estaban a la fuga. Estos tenían planeado comprar una isla en América y establecerse allí, igual que hicieron los puritanos perseguidos». Reemplace esta cita en su contexto histórico. ¿No tiene otras connotaciones en la novela? Si es así, ¿cuáles? Explíquelas.

- Compare detalladamente la novela y la película (la estructura narrativa, los personajes y sus relaciones, los temas que se abordan, el estilo y los efectos, etc.). ¿Se puede decir que se trata de una adaptación fiel?

PARA IR MÁS ALLÁ

EDICIÓN DE REFERENCIA

- Quignard, Pascal. 2008. *Todas las mañanas del mundo*. Traducido por Esther Benítez. Madrid: Espasa.

ESTUDIO DE REFERENCIA

- Rabaté, Dominique. 2008. *Pascal Quignard. Étude de l'œuvre*. París: Bordas, colección *Écrivains au présent*.

ADAPTACIÓN

- *Todas las mañanas del mundo*. Dirigida por Alain Corneau, con Gérard Depardieu, Jean-Pierre Marielle, Anne Brochet, Guillaume Depardieu, Carole Richert y Michel Bouquet. Francia, 1991.
  Esta adaptación adopta un punto de vista diferente: Marin Marais se encuentra en el foco de la historia y es quien la cuenta. Aunque el final de la novela evoca la transmisión de la obra del maestro, la película se termina con una obra del alumno, lo que evoca más bien la reconciliación entre los dos músicos.